逐日填滿　不定期氾濫

陳育律——著

代序／想要和你一起生活

陳育律

想讓你治好經年的病灶
想養一隻多毛的貓
你說日子就是貓減去喵叫
我該習慣腳邊總有時間在撓
習慣每一份癢都安靜
不夠浪費在噴嚏及過敏
你挑選的木地板是天空的倒影
牠的毛絮是還未落下的雨

想要同你漆一面牆
地點還沒找好但應該是條小巷

大房子背面兩根電線桿中間
偶爾曬得到太陽
用你喜歡的貝殼白
漆出陳舊的仿飾模樣
動工前先來幾場圈圈叉叉
分出了勝負讓羊毛刷記得就好

想從遠方買來夜色的棉花
為你彈一床柔軟而溫柔的他鄉
想學會看地圖自己走回你的老家
趕在雨季拍上肩頭之前
接手瀕臨失傳的技法
想聽懂老師傅嘴裡的黑話
練習看清楚對面遞過來的線頭
我該如何捏牢

想要植栽樹苗像種下耐旱的願望
讓等待也變得寬廣
想為海岸留一座荒棄的港灣
撙節有限的日光緩慢住下
要是你厭倦了島嶼決心出航
我便斫木造出一葉漂浮的月牙
如你一般瘦長的匣並不寬敞
正好容得下一個人假寐一個人搖槳

逐日填滿，不定期氾濫

目次

輯二✕關不上的窗

輯三 × 忘不記時間

逐日填滿，不定期氾濫

輯四×飛行的距離

輯一

觀看的方式

凌晨三點

灰塵送來的禮物還醒著
鄰居又打翻一罐可樂

年輕的泡沫繞過排水孔
沿著禮貌的問候漫過窗台
圓融即將四散的熱

左岸是貓，右岸是雙手舉高
再多收藏幾年病灶也許
半個呼吸就能塞滿博物館

欲望睡多了悠長的午後
幾杯弦月不容易醉
還不是時候叫車送走

造日子術

剪斷無尾的夜
採摘掛懸街邊的纖維
細石溜過鞋底，鞋底摩擦地磚
地磚傾軋彼此，彼此擁抱
擁抱碰傷了水霧
水霧填滿日光的蒸籠
蒸籠放生短夢，短夢餵養交通
搗碎指針的腳步，放大聲量
找出蓄意遺留的舊鐵鍋，點火

把意志力燒紅，需要抑制
陣雨不斷鬆懈肌膚
再將意志力燒痛，加入

有份量的課題
舊的主題，新的客體
先煮斷了經緯然後
再一一蹂躪規矩
你不常在家裡生火熬湯
湯水找不到你的軌跡

等注意力轉涼，開始助益
往事勉強聚合形狀
再等注意力轉向，撈起
不均勻的在意
過濾意義，保留再議
先讓分秒平整然後
再慢慢擠出衝動
你只帶走了冰塊和冷房
房頂還留著夏的蟲洞

壓扁躁動不休的因果
讓他們安居在無憂的膜
佔據不相干的角落
編造微小的煩惱，隔開理由
問題與答案平行交錯
等一下要吃什麼
買兩份有沒有折扣
丟掉了你忘的傘
甩不開雨時積累的負擔

感激西曬的窗戶
遲早逼出時間裡的汗
汗水敲穿牆面，字句割開裂縫
裂縫延伸想像，想像壅塞
壅塞攪亂了消息
消息點亮人工色的燈
燈泡啟發藥錠，藥錠重播場景

聽膩了你愛的歌，那麼逆過來唱
把生活唱成真的，不再裁剪

分身製造

找到一個容貌相似的你
打磨光滑的口音給你
某些人喜歡的尷尬笑容也給你
遙遠的耳力給你，容易地震的眼神減去
給你幾種語氣的請、謝謝、對不起
原地站定，你記得把自己裝進
直徑半公尺的透明圓筒裡

複製標準的哭點、笑點
印滿長度及膝的雨衣
給你短髮和兩雙好走的鞋
浸得溼透了再輪替
別讓頻繁的安排露出個性

默背三種穿短褲的距離
買消夜、抓寶、下樓拿信

訓練你和我一樣在心裡挑剔
別人的邏輯，卻不太挑剔
自己的生活環境，城市經常過敏
你得有意無意多打噴嚏
在背包裡備妥口罩和耳機
留意通勤的潮流，適時遷就
漏洞較小的生存理由

收集連結失效的建議、密件副本的惡意
裝滿正面思考的牛皮紙袋
寄往無法投遞的地址
找不出修辭新穎的好話
先借連鎖店招牌上的字來湊
盡快完成清單，早點休息

路過有理想的店面
看看就好，你別急著走進去

實擬虛境

今天你是群青色的影
你感覺自己輕盈
但是跟日常的天空有一點不同

徹夜未眠的窗沾不上露
過於細長的風掛不住玻璃珠

刷淡了草地的飽和度
你說太陽色系要再淡一點
地面上的人只要一開口
空氣就變得沉重

吞一口流動的精神下肚
配幾粒硬而圓的時間

你喊著明天向右邊奔跑而去
面帶微笑在原地轉一圈
讀取一則透明的新聞
貼上漸暗的鏡面用力喘氣

寄件備份

今日依舊寧靜
無須著急
著急過的事
保管輕盈的問題
翻面不盡滿意的答句
記住上一季的擺設
對比昨天的用色
繁忙靠左，孤獨靠右
給晚來的生活留出
一條不用鋪墊長毯的路
提案在前，細目在後
別怕想像
想像飛出信封

節約了形體之後
還能從口袋裡
找出某夜遺失的風

日常金屬

掏空袋裡的硬幣鑰匙
投入瓷盤，仔細聽一次
今日僅剩的餘音

扭緊不出水的龍頭
捏牢乾涸的傷口
逐漸陌生的記憶如果按鈴
記得掛上門鏈再開鎖

忍住噴嚏，節省一張衛生紙
擦亮探不出頭的窗格
做一個未生鏽的夢

天乾物燥

為你點燃幾個字
也許燒掉整座森林

你挑選的樹洞
在我深睡的日子裡
沒有下過一滴雨

寫在紙上的墨
終究不能流出預言的河
向你偶爾造訪的小鎮通報

我今天又想你了
你千萬不要傻傻地來

我今天真的想你了
你最好在遠方靜靜劈柴
別流下無謂的汗

我打算燒掉整座森林
為長鏡頭的你點燃幾個字

沉默寡言

和日夜顛倒的城市
一起倒數過生日
交換幾個好笑的小秘密
就用完了整個星期的語言

面對某些過於直接的問候
保留一種安全的陌生感
才不會睡到半途
突然得醒過來殺人

沒有來歷

找不出是誰發明了秋天
喧鬧屬於夏季
沉默不能歸罪於雪
轉動從你到我之間的聲量
需要多餘時節墊底
聽起來比較立體

找不出那個誰是誰
昨天還站在垃圾車後頭
冷靜收取你我的生活
睡一覺醒來流行都變硬了
滿街追逐都是貪食的
黃色的龐然大物

微笑拍打空蕩蕩的腸胃
互相保證無力毀滅

完美收官

第一個時代我們擁抱
適應彼此的溫度
先等櫻花開滿
再釀來世要喝的酒
你要預先熟悉過場提示
當荒原長出了樹
仰頭將我摘下
若湖邊草長及膝
轉生躍做水鳥相逢

融入流程之後
偶爾交給家貓主持
你不需費心提問

也不必太喜歡
我編織很久的台詞
若你顧慮我的鏡頭不多
請為我決定進場方式
用你最習慣喊我的名字

遇上適合寫字的時代
我們先練習相愛
磨完了時間就分開
盡可能設計你的小動作
但不宜描述得太明白
怕細節讓你在對的點上遲疑
或者踏錯節拍，笑場難堪
你不能太常說話
否則沒人相信你的感傷

挑選一個時代攜帶外景出海
先安排你打濕前半身
頂著日光，從艙頂走下來
將厚重的生活掛上輪盤
再與我的後半身交換
等一天又殺青了，我們
讓知覺在船尾平躺
目送多餘的場景
踏浪離開

老街印象

不安的藤蔓已經
說了太多故事
空蕩的拱廊都是
陌生人的場景

你留下了一片影
陪我繼續讀懂
窗玻璃上搖晃的字
約定長大以後要一起
從緩慢的日照甦醒
互相交換
夢境裡的果實

我是沒有翅膀的種子
只開出灰白的花
曬在洋樓的牆上張望
積存多出來的時間
留給你，留給你的遠颺
我住進你的過往
看人們翻新木門上的漆
填補日曆上的缺縫

區間車快要開了
我來不及買好
你說的郵票和紙
月台太短，軌道很長
我用一枝斷水的筆
沿著後頸拉長
你尚未被折彎的背脊
任你領著我的想像

潛入擁擠的城
小跑步上前，嚐一口
提前催熟的美夢

給過你初夏的天色
給過你不存在的喧鬧聲
再睜開眼已經是
需要假寐的老靈魂
之前寫過許多
情節也漸漸磨得陌生

在你摘下我的盼望之前
我是真心地以為
每一條中正路都是
從今日走向你的上坡路

微糖微冰

適時適量，回到你的杯裡
補充咖啡因，延長夜色的綿密
保持微微發汗的距離

看你彎身浸入鏡面預言
打撈所剩不多的夏季

扮演同樣擅長表演的月光
濫用默契的台詞
貼牢慣性，沿半夢半醒的方向
連夜探聽悸動的場景

中篇小說

我說真的可以收一收了
你堅持讓別人的生命完整
我只好先請今晚的餘興節目
壯烈犧牲，我相信
這款前戲令你非常滿意

我們徹夜捏造的角色
後來為我們蓋了一幢別院
就算再曬個兩百年
也不會有人專程拜訪
我希望這就是你想要的
遺世獨立的浪漫

能量活化

我並不常與你討論日常
使用過於輕巧的語詞
逐步放生握於掌心的重量
我多數的感傷並不
在你看得到的地方發芽
長成藍色的玻璃瓶
陪你明天要喝的水一起
曬太陽，陪你明天要說的話
繞著杯緣跑三圈

夜霧車亭

霧氣找到了我
我找到夜和寒意
這個夜還年輕
還可以擁抱
還不會險險地痛

我和夜並肩
看霧穿越馬路
緩慢跨步
再靠近我一點
我就離城市更遠一點

怕痛的呼吸最後
都找到了夜
過來，不急著回去
沒有別處的擁抱
比夜更安逸

貼著寒涼的肩頸
看霧磨去樹皮
撥開清楚的乾空氣
畫面再淡一些
明天就來得更慢一些

黃色白色紅色的燈
困在霧色的紙面
花火升空，即將墜錯時序
我留自己浮在霧裡
做一隻等待夏季的魚

包廂賽道

聽你唱完一首歌
我的人生就可以重來

此刻已經來到
第二次副歌的開端
你依然在每一個轉音處
優雅地甩尾，狠狠跌出去

喜餅鐵盒

再也弄不清楚了
是誰和誰的世紀婚禮
這些年一直為我保管著
逐漸烤黃的記憶

翻動時間的籤
還聞到甜甜的香氣

經年累月

他並不是有意路過
這個年的陰天
這個年沒有表演
玻璃不需要擦得發亮
人行道上沒有人
月台等了好幾個月
才第一次被路過

他並不是有意路過
這個年的雨天
這個年掃除還沒結束
天花板不急著補
沒有誰垂淚在紙上

下個月劇情不會急轉直下
完結篇遠在二十集後
隨時可以被路過

他並不是有意路過
這個年的星期天
這個年也時常被路過
尤其在熟睡之後的傍晚
夢延續延續夢的夢
石頭絆倒絆倒石頭的石頭
他只是突然很想知道
月亮的另一面在想什麼

時差演算

住在現代的人不懂得黑
斷了訊息就算入夜

句讀歸結日期
從今天跳到明天
帳面上添一筆
或者把積累全部減去
用一張舊照片捲起語氣
安靜比燈號來得立體

從今天轉回昨天
先用弧線詮釋距離
拼湊座標虛設長途飛行

一杯問候不夠清醒
再追加一杯焦慮
空腹不宜

靈光乍現

突然很想跑下樓梯
告訴世界今天
我新寫了幾首歌
還沒準備好唱給你聽
昨天隨便錄了幾句
大概就是語音信箱裡
聽過的那些樣本
你刪掉的都是傑作
你刪掉的都是
明天不得不稱讚的傑作
突然很想寫幾張紙條
塞進大樓每一戶的信箱

告訴他們我會
敞開房門一整夜
建議自備沙發
我會準備兩桶爆米花
恭喜大家遲早發現
真正生病的人確實不會
比電視裡演的好看

在專用道上奔跑
對每一組路過的數字說
我小時候的夢想是
成為公車，不是開公車的人
長大不就是自己選擇
喜歡的墨色和圖章
在馬路上比賽
把圖案蓋得又多又滿

我現在的夢想是
成為公園，不是附屬的什麼
掛著頭銜的管理員
讓你隨時走進來
但是不跟著你走出去
你可以帶著酒進來
留下空杯子和傾斜的睡意
我會收拾底部的泡沫
聽出一些海潮或者
有點赤裸的聲音

順手牽羊

多麼想要說一句真話
在你不得不開口的時候
帶走你的魂魄
去放一個假

攤開格線整齊的白色手帕
和你從右上角開始
逐日寫成文章

時間管理

你常抱怨一天比一天熱
與其特意空出時間
重複下一次的事
不如穿拖鞋去巷口買碗冰

寄幾行字給你檢查手指
是甜的，是黏的
我就已經見過你了

二月十一

跟你打一個賭，明年
你還得經過同樣的數字
但是不會記得
今天是什麼日子

你被絆倒兩次
恍神了十組畫面
走錯一條最熟悉的路
但是你不會記得
今天為什麼這樣子

你撿到一顆心
掂了掂大概可以吃十餐

剖作兩盤
發亮的那一半放冰箱
失憶的當場下鍋

對你唸一個咒詛，吃越多
只會越餓而且
你不會記得
今天本來是什麼日子

世界奇觀

肯定是我哪裡不太正常
你才願意來看我

找一群人常常來看我
怕我一天比一天瘦

我是一筆難以變現的遺產
無法讓你帶著走

支持團體

我在這一季找到的書
都有黑色封皮
柔軟的或者
比較安定的黑色外衣
彼此容易摩擦出聲

理所當然讓他們住在
同一棟樓的同一層
陰涼的或者
重心下垂的講壇
方便回音招呼聚首

脫下充滿玄機的秘密
不安的真心話有時
教人忍不住懷疑
難以命名一種帶刺的毛病
但是肯定有什麼問題

每天都比前一天
看起來更傾斜
總有一天抵達神的眼睛
探看顛倒的彼端風景
一條兩條流出
細瘦的鼻息
不比旁人的嘆氣了不起

每天都比前一天
觸摸起來更黑一點
柔軟的變得更軟，安定的

已經開始有效率地支解自己
穩定生產代工產品

夢中子嗣

沿著悠長的海灘
建造護衛來世的城堡
那一年你五歲
整顆星球的天氣
都聽你指令

浪是一片你將翻面的書
躲在扉頁的深處探頭
假裝自己二十五歲
易懂的笑靨裡
看不見他落下的神情

雨中花火

最後一刻躲進傘面高築的牆
背對你所在的方向
不斷有眼淚掉在鏡頭上
紙巾一圈一圈
擦去明天過後的陳舊心情

後來整片天空都燒成了
炙熱燙手的喜幛
轉身離開的人們推著我走
我等著最後一聲爆破
教我心甘情願地低下頭
遁入街口

散場電影

我沒有等到最後
結局提前找到了我
聽說晚班的雨水溫柔
但是不能握手

招呼過一些有臉面的人
看過幾種沮喪的神
識破偉大的幻術
比弄丟了時間失落

相對關係

觀察了很久才發現
櫃檯彼端的深淵是你
而你早就看穿了
觸不到底的背景是我
駐守對面的人行道
玩弄裝模作樣的惡戲

要不就大膽一點放任我
盡情在平行線上墜落
要不就跳過凝視的日常
直接成為肉身的你

靈魂出竅

當我離地面越來越遠
就會抵達天空了嗎
雲海上面如果住著神
祂們的家是不是雨做的

當我離天空越來越遠
就要跨出邊界了嗎
天上的神如果閒得發慌
也會計算星星之間的距離嗎

當我離邊界越來越遠
就得穿越宇宙了嗎

其實我比較好奇的仍是
神和神約下午茶會不會有時差

當我離宇宙越來越遠
就能感覺外面了嗎
我感覺很久感覺不到感覺了
難道這就是神的感覺嗎

開口說愛

坦露害臊的舌苔
發出短促響亮的驚嘆
然後咬緊牙根
熬一鍋漫長的等待

有些人用了一輩子
才講完一個字
有人重複許多故事
還不敢去碰
掛在鍋邊的湯匙

價值流通

開一間退流行的店
在你容易經過的路邊
陳列過季的展品
比如我親自挑選的短句
或收購你生產過剩的抱歉

偶爾兼做外帶生意
兩杯濫情，賣你一枚同情
今晚打烊之後
把留有餘溫的貨幣投入話筒
和你的語音信箱談心

命名遊戲

用你的心情命名時間
然後一起吃掉日子
用你的表情命名習慣
再用這個名字
塗抹還沒吃過的日子

練習在日子和日子之間
添加沒有筆畫的字

說完今生的故事
語言就會消失，後面的時代裡
我們還能用默契命名彼此

頂尖修辭

讓我們累積語言
為完美關係打造家居

要有清水模的日常
和巴洛克的節慶
抄寫名句，轉印精練的哲理

我們在每個牆角種花
擺設低調而巨大的盆景

不斷修飾用詞，添加語氣
直到這份關係
繁複得進不了飯廳

記得不要

覺得孤獨的時候不要
流淚，把水分也趕跑了
你會丟失腳踏地面的決心

覺得遙遠的時候不要
飛行，讓距離都立體了
透明窗外蓋滿灰白色的牆

覺得寒冷的時候不要
擁抱，浪費太多溫度了
你沒有考慮過夢會不會冷

紅紫色系

此刻想要和你牽手的心情
差不多是薄紅色
你知道是那種適合穿搭的顏色
但是不要問我更多細節
比如臉皮要有多薄
眼神還能多紅

我們的關係映在牆上
比桃色守規矩
比紅梅少有壓力
日常如果照射得再旺盛一些
也許疏淡得趨近於櫻
靜靜在風中散場

貳零零

很想認識你的這一刻
依著布簾放行的光
重讀十九年前你寫的詩

專屬於你的第一扇窗
角落裡堆積秘密
深夜的電話，陽台的足音
留給後來考古
蹉跎猶未成熟的文明

你研究緣蘿身上的紋路
推演星盤相互掩映的軌跡

計算留言出門遠行
跨越日夜的大圓航線

倒印在桌上的手寫字
再多淋一場雨就會消失

語言疏淡之前
曬出記憶深色的斑
在新寫的歷史裡
處處遺留違建

耽擱徹夜

剪不斷的長髮是夜的一個章節
你的指尖來得晚了我無所謂
卸下虛構的肌膚，交代遲延的隔日

和我共度整夜迂迴
或者與夜同享我的緩慢語言

你的擁抱抽象，呼吸充滿歧義
我喜歡你的掌紋陳舊中帶有新香
掀動每一頁以夜為名的骨架
翻開前戲直抵後記

清晨四點

某些失眠的日子裡
沒有好心的羊
只能回過頭去數日子
從地面撿起來掛

掛滿一面牆
向內再砌一道
沒有光就沒有影子
沒有影子就不必害怕
被時間割傷

輯一

×

關不上的窗

今天過完了今天還沒開始

我可以起床了嗎
可以喊你寶貝了嗎
陽光可以灑進來了嗎
我可以下樓找你嗎

我今天的生命
從你抬頭的瞬間開始
我對意義沒有異議
我們之間不需要公平
只需要知道我愛你

你的問題就是我的問題
目前為止
我沒有其他問題

恐懼的形狀

害怕鈕扣緊緊鎖住胸膛
更害怕鬆弛的細線
暗示每一顆不安分的鈕扣
值得各自不回頭的航向

害怕日常，更害怕決定
話語沉在舌尖的重量
害怕錯唸菜單上沒有的品項
更害怕桌面上沒有菜單

害怕每次突如其來的流行
慢一步跟上，害怕燈光

穿過膨脹的鏡面，燒壞安全距離
更害怕從此再也沒有了燈光

不要跟我談科學

實驗進行了五六千年
你還沒有找出方法
阻止肋骨變得比你優秀

你浪費太多時間探索這個世界
明明閉上眼就能找到幸福的家園

那裡的猴子都聽話
再練習個六千五百萬年也不會
突然開口，跟你唱同一首歌

美麗的蛇特別善良
他會手把手帶著你找到真愛的起源

那裡沒有混淆你的摩天輪
星星月亮太陽圍繞著你旋轉

只要你對幸福沒有疑問
你就是幸福的

果汁牛奶的心情

果汁牛奶沒有果汁
請用葡萄糖、檸檬酸鈉和黃色四號
調出大家覺得正常的味道
還給牛奶

大雕燒沒有大雕
請用為國為民的名義情緒勒索
問楊過和姑姑樂不樂意
借別人燒一燒

老婆餅沒有老婆
請用虛擬實境裝置和立體建模

打造符合大眾偏好的女性
餵公子吃餅

男人幫封面沒有男人
請用一男一女的傳統倫理
宣揚皆大歡喜的生命力
業配小象幫幫

把生活消耗完畢

幾乎沒有辦法保持清醒
看完一部安靜的電影
沒看懂的部分就推說太文青

學會利用吹頭髮的時間
欣賞朋友轉發的影片
只要笑過了
今天就有收穫了
明天又是一個正能量的人

幾乎不能讀完一本小說
劇情在桌上放了隔夜
下個月再從頭開始

學會把回覆訊息的時間
原封不動留到睡前
了解再多他人的近況
也改變不了自己的近況

別人辦的活動按過了參加
就已經算是到場
像是承諾只要說出口了
就可以當作兌現過了

沒有人可以拯救你

生存是場偉大的幻覺
你一直在人工的視像裡奔跑
沿著鋒利的邊界
反反覆覆衝過終點線

你試著保持清醒
因為美夢之後還是要醒
對世界的抵抗
都只是一時僥倖

生存的本質
是揮霍到輸光自己為止
轉過身的速度

從來只夠說明——在惡意面前
沒有一種從容逃離的幸運

城市裡又點滅了一盞燈
你知道不會有太多人在意
每一次當你背對暗雲
都渴望一場洗去肉身的雨

學不會讓自己
不帶情感地擁抱生命
愛的溫度只能證明
落入凡間的軀體
都屬於同樣冷的粗礪

不用分得那麼細

在你給我的時代裡
光是愛一個人
還不夠活一輩子

學習和你分享愛人
分享你的愛和你的人
也分享你的愛人

學習做一個爛人
首先得讓自己變得善良
想要什麼就做什麼
不講有道理的謊

細微的誤差
忽略不計
死透了之後
大家都一樣是好人

高於一切的原則

沒有人知道好日子
應該是什麼樣子
但是不去設想更好的日子
應該是正直的樣子

沒有人確定怎麼做事
才算得上是好事
只要讓該發生的事情發生
那就是包容的樣子
喜歡工整的數字
討厭不合群的東西
就是善良的樣子

每天讓自己死去一點
說話再少一點
我們就會離和諧的樣子
更靠近一點

天使掉落的羽毛

吹乾後剪去參差的尾
切面保持細長整齊
十字路口上自然掉落的羽毛不多
勝任這份工作
你還需要更多耐心

城市裡天氣多變
保存的要領
在於減少曝曬眼光

羽尖有時扎手
不過經驗多了你就會懂
多數的疼痛

和天使的壽命相同
都是一夜限定

務實的框架

世界上需要你的人很多
如果你跟我討論市場
我會告訴你
這是一筆可以考慮的生意

首先你要決定品項
種類不需要多
我們把重點放在品牌
細節可以一邊調整一邊做

幾個小技巧舉例來說
擺放擁抱的位置要與眼同高
對話配合季節限定推出

門面簡潔乾淨
適度保有你的風格

你會需要一台售票機
和一個自動回覆的系統
不要找一個愛你的人
讓他笑著為其他愛你的人服務

明天開始了明天已經過完

還要多久才能忘記
這些遙遠的身份
忘得足夠乾淨之後
不顧一切地愛你

忘記不懂得笑容的我
或者笑得太多的你
同樣來自
敗壞多雨的遠方

忘記我的生命略早於你
忘記你也擁有過我的片段

一如我已經忘記
我曾經擁有誰的片段

忘記我們引以為傲的文明
不過是反覆抄襲
歷史中散落的稿件
貼成不得不存在的造物

忘記我最珍視的愛情
或你最嚮往的自由
都是他人創造的玩具
所創造的玩具

忘記我們曾經敵對
忘記情感總在敵對中找到形體
忘記即使是敵對
也從不是你或我的發明

忘記即使洗去合法的記憶
我也還不能夠愛你
忘記不明就理的怒氣
爭著做最完美的複製品

輯三

×

忘不記時間

立秋

天氣預報說過的事
只發生了一半
像我答應過的離開
也只完成了一半

該寫的信都已經寫完
除了你的影子
堅決壓住簽名的位置
我只好用一個吻代替草字
挑選玻璃桌墊上
白瓷杯的那一片領地
複印整張臉最柔軟
也最冰冷的部分

該來的風已經來過
除了我的意志
始終不足以吹落一粒露珠
趁你轉身時踉蹌
撞開大門
由他轟隆碰撞
留一個幼稚的壞習慣給你
換你時不時驚慌

像你預言過的感傷
只排演了一半
幾輩子求來的運氣
也只揮霍了一半

處暑

到這裡就可以了
再過去是一條單向道

我會繼續醒一陣子
慢慢地醒著
慢慢燃燒夜色
不為了等你
把說過的話轉冷
繞過時差的紅綠燈
回航黑色的港
慢慢停放你的眼神
慢慢地流汗
慢慢地乾

我還要再醒一陣子
陪你慢慢地流汗
慢慢地乾
重複語氣對你說
再過去是一條單向道
再過去沒有我以外的火

到這裡就可以了

白露

放生了最後一個夏天之後
我重新穿上遠方的樣子
夏天不再回頭
你要回到你的日子

你讓我帶走幾個
不存在的名字
你說著涼的時候
就剩下一小片
用熱水泡開了喝
你要我別太常淋雨
如果下一年過得太寫實

你造不出更好的
用來鎖住時間的鑰匙

我也答應了寄給你
幾個喜歡的名字
你如果收到了，記得
剝下一小片
放進寫給我的書信
不分日夜除濕
你若憂心我的身體
請顧好筆跡
別讓字又害了風寒
別讓我在半夜裡
時時醒來照看

聽說冬天跑得比較快
但是不知道為什麼

比賽已經開始了好多年
他還沒有追上夏天

秋分

知道你還沒買好冬衣
月色我先收去一半
藏一半寒意
在你不熟悉的抽屜
冰霜墜在你身上
只碎了一半
沾濕你的衣襟一半
袖口微小的漬跡一半

你說過的話
我已經抄完了一半
你想寫的故事
情節還差了一半

等你先消磨完爛漫一半
我再陪你慢慢揮霍
專注的一半

我收拾了房間一半
故意留下一半
給你的不小心當伴手禮
你在夜的一半驚醒
發現人間只對了一半
你在醒的一半解開證明
看懂了我的秘密
從來沒有另外一半

寒露

許久之後你來到這個城市
為我們種下第一顆水晶
掏空口袋的零錢
任孩童牽走輕盈的笑語
在無關緊要的人手上
流落舊日的掌紋

你練就了觀察的本領
從陌生人的表情
閱讀下一個盛世的憂喜
伸長手臂，招來一台慢車
每一個轉角都認識你
每一家旅店都歇息

市區邊緣的最後一座廣場
已經沒有刻意跌倒的人
我指定的餐廳
補齊了缺少的那一味
你來的這天，是最好的日子
鏡頭裡留不住污痕

許久之後你來到這個城市
工廠不再生產水晶
你為我們種下的記憶
長出新的隨筆
你把招來的車讓給陌生人
撿起一片揮霍的場景

霜降

不是為了凍傷你的臉
才連夜攀上肩頭
不是為了貪圖僅剩的顏色
才跨越日與夜的距離
讓自己變成透明的
沒有名字的餘溫
換一個季節，換一種
凝視你的方式

刪去老派的暱稱
刪去信件匣裡的長信
假設存在過的語言
已經活夠了一遍

假設短暫經過
與種下一顆星球
對你來說沒有不同
在歷史之中，都是負重

立冬

繞回不存在的街角
記錄第一場雪的地址
溫度遠颺之前
寄出最後一張車票
呼一口踏實的冷空氣
把淡泊的顏色活成自己

今年我也會在你遺失的月台上
留守，徹夜搬運冰塊
撿拾揮霍的語言
看擦身的戀人
再次錯過同一班車
依循鐘聲指示，回到廣場相逢

看你必然不會出現在月台
不搭乘預訂的列車，不盜竊
容易編造的老實身份
看你吐露冷空氣與掌聲
在不願告知的住居
將喜悅升到天頂，當一面旗

用透光的材料興築城堡
讓你的晴朗駕馭牆外的冷
一片一片貼上窗玻璃
你的世界逐漸完整
日光一天一天
刪去我容身的位置

小雪

問候散去之後那幾天
你回到自己的房間
寫好了一頁人生
距離令你安穩如常
你不喜歡擁抱帶來汗水
背對著我，你說
只有孤獨令你完整
你凝視著玻璃框
眼裡充滿遠方觀眾

雨滴開始痛的那幾天
你收拾了一個房間
翻閱寫好的人生

沉默令你真實不墜
你不喜歡笑容勾勒曲折
電話那頭你說
更多孤獨令你豐沛
用清醒面對世界
夢留給正確的人同眠

大雪

聽盡你推門出去的聲音
床被的紋路逐一褪下
肩頸僵硬足夠成為山稜
呼出一片鼻息，吹散貓科動物的足跡

曾經有過一條封鎖線沿著腰際興築
是你柔軟地種植針刺一般的絮語
把口氣圈在禁區，保留結晶的問句
百年後融冰，流進觀光勝地的井

不去理會你精雕的羽翼
足不足夠領你飛抵日光之濱

只在乎牆角那朵不過季的花
何時成為一題過氣的情話

夜晚過不完，房間剩不到一種顏色
你留太多越冬的慰藉來不及醒
我的洞窟還要很久之後
才會有第一幅畫，野牛與馬

冬至

路過我這一站之後
你盼了許久的好日子
都會先後回航
站成一排
逆著季風張揚

從嘴唇滲血的家鄉
從錯落在半途的遺想
從日漸老去的遠方
追上你正牽掛的
載不動的一車想像

用往昔砌出泥牆
薄脆而灰黑的表面上
留你一個瘦長的框
畫面裡的我們
只說最年輕的話

你在顛簸的路上有沒有
一天一筆，寫滿三次我的名字
收集我的背德日常
讓水晶色的太陽
找到你指尖新生的芽

小寒

目送年幼的想像返去北方的家
今天困住你我，像歲月絆住肉身
當你輕巧地對我說，奏樂
我的執念就老了一歲
當沙啞的廣播終於唱完了歌
外頭的雨雪應該停止互相傷害

偉岸的時間起身致詞，站上講台
舉高你精心擦拭的麥克風
誦讀我寫的講稿，狡黠地跳過
每一個仔細挑選的險僻字詞
流暢得像你由衷崇拜過的異境英雄
對角落和殘影毫不留情

記得疊好禮堂裡的座椅
藏妥秘密，遠離日光
記得沿著圍牆頂端擺放盆栽
等想像們到家了就會開出紅花
摘下初生的勇氣，縫成翅膀
等想像們都長大了
至少有一個會帶回來方向

當你再次對我說，奏樂
我的意志也就減去了一圈
當鐵捲門不情願地親吻石子地
我將長夜高高舉起
輕輕放下，今天困住你我
為虛構的校舍上一道鎖

大寒

字幕退到季風壯盛的海面
我們還沒有抵達時間的末尾
觀眾散開，沿著你的背脊
步向長短參差的慢旅
我惦記著乾燥的視線揚起邊緣
恐怕在夜雨遲到的岔口
割破你來不及帶走的語言

他們急著要牽走你的故事線
很快發現誰也走不了太遠
我暗笑你布置太多伏筆
忙到忘了在街角鋪排空白紙面
腳印忘卻的城市

不存在過去和短暫的當下
沒有先來後到的誤判

我們的海還沒浸夠黑色
世界趁著你打瞌睡時點亮燭台
雨聲暗自繞過鐘擺
學了流行的滴答再踅回來
我猜想你大概醒得早
顧不得說詞淺顯，指尖單純
不像我的斷句塞滿暗示

當我躺臥山巔凝視來年的遷徙
清點那些偶遇你的背影
他們各自捧起沿途撿拾的字
圈出一座日漸輕盈的島
我們的海還不夠堅硬

沒有力氣將時代高高舉起
假裝沒事一樣，任由文明落下

立春

我的果實還沒融冰
你已經開始播種

當我偷偷長出四肢
依附你的作物
讓我親吻明年的食糧
把自己的心也養大

等你開口吟唱將來的老歌
我先賴著日光生長
曬出你在百科全書上的
同一種顏色

我要讀熟你的曆法
挑選適合移徙和安床的日子
告訴你我已經
住不回去窄小的核

我還不知道
要老到什麼程度才能和你一起死
而不是流失所有水分
然後重新開始

雨水

我不常說好聽的話
因為大多數的好日子
都還沒睡醒
我在小屋的窗邊安靜
你側躺著休息

我知道你已經醒過一回
畢竟前半比較漫長
即便好動如你
也要保存足夠的體力
才能捧著好心情
走到最遠的那一片地

當我進入你的身體
我就成為了你的天氣
年輕的時候潮濕
為更冷的季節
收藏溢出的晴朗

當你進入我的身體
你就成為了我的來世
把今日留在這裡
帶走我的明天
你要記得用影子將我填滿
我就不會一再
浪費你的青春等待

驚蟄

你也看到了嗎
那一顆越來越高的星
身上沒有刻寫文字
背脊很輕
適合攀爬天梯

你也看到了吧
黑夜比較長的年代
我習慣醒著等雨

文明鼎盛過後
我的每一天
都比前一天睡得更多

除非徹夜未歸的你
又從外頭帶回更多的雨
比昨天更多
比身體裡的潮水洶湧

我不確定冷和醒
是不是同一件事情
你只要我開門
卻遲遲不肯進門
我或許瞭解了醒和你
應該是同一件事

你也聽說了嗎
細密的雷電接到地表
成為樹梢上的火苗

你也聽說了吧
去年燒過的枝葉
昨夜已經浸夠了霜雪
只差日光將我煮沸
攤平值得拼湊的片段
在你面前展覽
認真再年輕一回

春分

你用剪刀裁過天色的床被
我就懂得了冷暖
一片輕薄無謊
一片比較適合收藏
如果要我用失眠
補滿一季對你的想念
希望就是今天

我要一路追著太陽
為你帶走的體溫尋找
適合平躺的地方
我把你走過的路程對折
再對折出約定的日期

日子很遠
明天也很遠
只能留給明天處理

走累了我就下雨
雨下得多了就裝進透明罐子裡
一罐裝了很多聲音
一罐比較明亮
用力搖晃還會微微鼓脹
我要用顏色好看的筆
寫上你的名
每隔五天託人帶一副給你

你要記得回信
我才能把你用過的時間對折
再對折算出距離
雲層並不遠

你經過的切面也不遠
我們都會好好的
好到不能再更好了
才剛好開始腐壞

清明

我在睡的尾聲拜訪
更老的梧桐成了你的眠床
而上輩子種的那幾棵
氣還不夠悠長
只懂得學桃樹開花
色氣爛漫地開花
訕笑你供養不起鳳凰

給我一些火光
讓我再看一看你
我讀不懂自己
至少可以看清楚你
幫我把爐火燒亮

讓我為你燉一鍋湯
你貯藏的寒氣特別頑強
至少要煮一個晚上

昨天撿的柴不夠乾淨
我一直聽得見
你在口袋裡
搓揉紙片的聲音
我知道那些是
悶在紋理底下的秘密
等不及跳上焰火的肩膀
替你把話再說乾淨

穀雨

表白還來不及開始
我先用一個噴嚏
回應你額髮沾的粉絮
空氣又更差了
我們還在人間住
住得太久了
已經記不得要如何
不用雙腳旅行
記不得背負彼此
不見得需要相加重量
無論如何我們都想學飛
只是你可能是蝴蝶
我可能比較適合咳血

你用同一個噴嚏
為今晚的相約作結
山邊還是會冷
小雨才剛來你就知道
城裡的花都開好了
等你帶著風回去飄香
城裡的人都病透了
等你摘下椿芽
用是日的餘溫醃成炸醬
熱的時候配菜下酒
又冷的時候
等你擀麵

立夏

日子不適合寫字
不如早點出門
排定的相遇
沒有急與緩的問題

許多年後
我依然會選擇在同一個早晨
出發向南走
而你已等在這一天的午後
慶幸我終於讀懂暗示
你很慢很慢地回頭
很慢地伸手

我們隨地撿拾
他人鋤落的野草
編織耐曬的篷
畢竟我們的心還小
沿途摘採的日夜
只夠勉強吃飽
來不及養出胃口

畢竟我們還小
還能把跳躍當成飛行
把角落當成秘境
不需要搭造三兩套水泥房
只為了貯藏水和鹽分
不需要艱難地與你對錶
算計悔棋重來的時機

讓青春靜靜死透就好
摘掉脾氣和扭曲的尖角
和櫻桃一起醃成罐頭
記得通風
記得不要生火
不要在夜裡停留
不要給足了我定居的理由
卻自己躲進時間背後

小滿

池塘裡水還沒滿
午後的遊戲還沒開始
你只吃了幾口盤裡的菜
就急著躺回窗邊的床
隔一道牆聽我再說
前半生沒發現的故事
兀自盯著蛋黃色的牆發呆

你才剛學會了語言
就忙著認識世界
先用舌尖去收集詞彙
再側著頭倒出理解
田裡的苦菜令你皺眉

卻還陪我吃了三天
你睜大眼流著淚
笑著對我說
原來這就是人間的甘味

趁你還沒把腳踏黑
我先收穫了新的作物
再學做一道新菜
你在日落之前回來
問我今天郵差有沒有來
我不需要搖頭
你就清楚了答案
畢竟外面交通曲折
總是牽連無辜的未來
待在半路等待

你出發了不算久
苦菜長得很多
我時間很夠卻來不及收
你出發了還不算久
我仍然用同一個姿勢
抱著你的背影
走去門口種下一天
再一天就要長出花房
再一天就要落地

芒種

雨變得安靜之後
我才開始懷念
那些陰鬱的日子
尤其坐困窗邊的那幾天
應該先寫你愛的句子

等待身體圓熟之前
你只要專注地成為果實
不用在意我是否
怕酸比起嗜甜更多

還是不習慣眩目的陽光
等在滿布車轍的路旁

焦灼的空氣教我們低下頭
盡力不著痕跡地
用心錯過彼此

走在通往永恆的路上
我們必須先將
短暫而易逝的時間
沿日期的邊緣擱在一旁

留一段悠長的背影
給悠長的日後一條線索
解開此生的是非選擇之後
順著種子上的筆跡
追憶背面未竟的問答題

夏至

完成一個深刻的擁抱
也只能忙著分別
至高之後的拋物線
下墜才能畫出圓滿的邊
我用身體確認過你的疆界
再從鎖骨上的旅店
退回文明之外的平野

相遇是你走向了我
或是我選擇了你
只有影子知道
這次我們擦身而過

十七年再回頭算不算久
只有蟬知道

小暑

你的子女總是選在熱浪漲潮的這幾天造訪
帶來一些你的消息
偷走一些汗
我的體質容易發燙
要很久才會冷靜
接過了你的吻
躲到後面來來回回地晃
路上的人沒有消失
我還不能偷看

沒有人自願離開
我還是把一個自己留在後面讓他一個人熱
先試著扮演好主人的角色

燒乾幾個湯鍋然後
再試著煮滾幾個空魚缸
讓木頭桌面都流淚
讓畫裡的花朵都暈眩
你未成年的子女比你不耐柔情
我多說幾句話他們就醉

熱浪盪到底端你會戴上太陽眼鏡穿越人海
不等我把客套唱完
你已打包大小噪音帶走
我會把擁抱晾乾
和老去的吻裝進同一罐
擱在濕熱的後面繼續變老然後
向你子女的子女連年展覽
今年的光澤比去年均勻好看
雖然曬久了顏色都會變淡

大暑

我不擅長這個角色
青春太短
等候老去的時間太長
我在正午醒來
你已先帶走我們
僅有的存糧
手心裡的水分
和留給後半年的默契

你比較擅長分享
而非有意揮霍
就像我擅長的是歸還
不是他們說的竊佔

那些人信不過你的後來
就像他們不願意細看
我從哪些地方走來

我把劇本還給了時節
等你回來之後
可以找到先前的斷點
接續下完沉默的雨
雖然我已沒有夏天的身體
任由你逐日填滿
不定期氾濫

輯四

×

飛行的距離

我一直處於不想整理行李的狀態

風景遲到十幾個小時
除了熟悉的雨
還有少許錯愕的空氣
彷彿我不曾
有過與自己相關的真實記憶

我用新買的肩包
收著你送的舊文具

筆記本也是你的
封皮都褪去了
紙面咬著最後一口氣
留存你的一葉筆跡

你問起我手書的場景
比如我走過文明發揚的河濱
擅用你的形象編寫劇情

比如在沒有藍天的城市裡
用你教我的任性
盜竊他人眼睛
權充窮人的望遠鏡

比如你不認識的名字
還有他們的地址
我只能稀微地指認
其中幾個人
和城市約略的位置

你要深信世上沒有真正的離去
不要為我費心擺設筵席
我們在開始的時候就已經結束
你也知道可以用結束
當作每一篇故事的開始

這一次我還是
把你留給了時間

如果你依著節拍慢舞
在人生的場上踮腳
慧黠地繞著圈
那麼你喜歡的那些章節
遲早都會再來一遍

阿姆斯特丹

玫瑰很好
河和小船都好
人們很好
你們也很好

一起看書很好
一起培養信仰更好
你們是真的很好

你會畫畫很好
乳酪很好
你的胃口很好
你們熱熱鬧鬧很好

顏色鮮豔挺好
除了你說紫色不好
我覺得都好
更多石頭更好

廣場很好
橋或巷弄更好
愛戀多好
你們想要的
都非常好

波爾圖

橘色屋頂如果浮濫
我有深色的海
如果看膩了天藍
我還有調壞的色盤

我有尖塔上的鴿
他們熱愛歌唱與戲劇
享受追逐與吻
我有多餘的鐘聲
你說擁有鐘聲的人
都應該是生活的主人

從燈塔走到美術館

我有大把冬雨
和連夜滴水的孤寂
我有進不了門的書店
還有反覆錯過的車椅背

我有廣場上的水鳥
他們比較不喜愛張揚
但是願意浪費一個午後
陪我等在大圓環
面對音樂廳專心淋雨
假裝這裡就是世界的中心
可以呼喊八小時外的名

我有多出來的假期
和所有不屬於晴朗的朋友
我們都是好相處的類型
畢竟需要的顏色不多

科隆

今天也是烏雲
不夠沉重
你用了再多力氣
也擠不出雨

鮮花從車站漫進教堂
沿路遍灑金光
我聽見身旁傳來一個聲音
建造一座城市
需要信仰
需要人
需要騰空

今天還沒有冷
風也容易累
日光歸還了之後
一直在等休息的暗示

堅定一種生活
需要時間
需要你不斷對我提醒
捏緊掌心的硬幣
不要太輕易地
就給了隨機搭話的異地少女

你得趕快把一年用完
我才能準時踏上回航的班機
打包第五個季節
回去約定的月台找你

布魯塞爾

他們已經學會離地
而我還在走路
男孩從六樓
垂降一顆彩色的溜溜球
我才跟上累格的背影
找到第一階石樓梯

他們已經唱到最後一句
我開始練習發音
習慣抓取最末的單詞
猜想女孩問我需不需要袋子
估量右手邊的吼聲

我其實是掛心
多過於生氣

他們已經把午後烤熟
坐下來吃過滿足
我還被困在運動場邊的草地
試著讀懂手上的馬鈴薯
誰決定了日子該如何切片
應該留心邊緣的角度
或沿著弧線跳過去

勒阿弗爾

遠方太遠
最初我選擇了將就
你還是稱職地
滿足我所有期盼

我聽見來自高空的回音
只有公平的深情
沒有露出敷衍的痕跡

我時常念著你
像徘徊同一座海港
我所能擁有的
最多不過是灣岸

甚至不能越過堤防
用身體理解你的深淺

災厄淡去之後
我仍躲在海風背面
多想為你
再建一座嶄新的教堂

盧森堡

寫了很多年的字
還是沒能寫好自己的名字
折角太多
紙面上容易絆腳

寫了很多字
多到每年都得選定一個節日
造訪你收存黑雨的園子
把廢紙重新燒成
還沒被寫出來的字

走過有故事的鐵道
寫下一百種日子的可能
沿車軌的邊
鋪排前世今生的標點

想像住過的人
想念用過的玻璃杯
想見一滴水
在龍頭底下悠悠地吊垂
如同傳說中的獸
晃動眼邊的淚

走過熱切的賣店

笑而不言
用留有餘溫的容器
拋出軟而精準的弧線
描畫竊竊顫抖的
紅心的邊緣

走過無聲的門戶
再平凡的陳設
都是初行者的迷宮
走過牆籬相接的細巷
路過幾個郵箱

想要淺色的牆面
應該也會適宜星河投影
想到新鋪的屋瓦
不確定能否耐受月光踩踏

想起幾個名字
走到下一個郵箱

趁著路人各自在忙
切裁出遙遠的好久不見
帶著羞澀的心情投遞

杜塞道夫

我告訴自己這裡沒有住人
水色是謊的證據
整條街都虛妄
而你畢竟過於真實

我在街角快步路過你的名字
大樓都太新了
你應該有點年份
我穿過長廊凝視你的名字
感謝你為我保留距離
但我沒有更多餘裕
走上前去感謝這份距離

我猜想你正忙於濫情
應該不至於是你
曠日費時調動假意的場景
如果真的是你
我也就不需要強迫自己
覺得這一切合情合理

我在商店收下你的名字
沒有標價
也沒有你親簽的硬筆字
踮腳靠著窗台我複印你的名字
都是一模一樣的痕
像我身上標記成分的貼紙
也都有你的名字

在名字底下
美好是簡短的事

我認真地相信
你擁有的美好比別人悠長
短暫美好之外的情節
都是與我無關的事

柏林

一生只看一種方位
是對世界的浪費
我們愛不釋手的城市
不能缺少公園裡的哲學家
和路上的性工作者
你喜歡我走出博物館
在理性的街上寫作
感情劇烈起伏的氣候

一生只選一種角色
是對自己的浪費
相遇的時候沒有必要假設
由誰負責豁達

或另外找人專職流淚
我喜歡你告訴我說
你不特別偏好咖哩或者香腸
唯獨愛吃我家樓下的咖哩香腸

一生只愛一種性別
是對你的浪費
有些快樂只是得來不易
卻不見得貴到讓你買不起
人間不存在分明的好壞
就像沒有哪座牆永遠供應安穩
何必因為空氣太新鮮
而不敢大口呼吸呢

杜布羅夫尼克

完成了亞德里亞海的時間
還沒有抵達美好的語言
純淨如深秋的暖陽，為你複寫今天、
明天，用生活填滿古老的海洋
送走遲歸的昨夜，再擺滿夢境和酒水

揮灑餘生的藍，交換天使的視角
凝望五邊形的文明，穿越教堂塔頂的鐘
追逐簡單的靜止，為此刻的耽溺築牆
你正在遠方等我嗎，或者
你依舊是我未竟的遠方
反覆挑選說詞，詮釋肌膚上的筆觸

偶爾也會羨慕港邊的海鳥
炫耀無知的粼光，浪費停泊的岸
快樂使我們偏離日常
人生卻教我不得不向你靠近
走過石板路的起伏，寄出此刻經歷
字跡疊合掌紋，解答指隙殘存的疑惑
點一盞蠟燭，再活一回年輕的你

天黑之前，我也許逗留掛懸山腰的展間
無從翻譯的文字裡，回顧誤讀的場景
像你躲避落山風和歷史的餘音
流連當代展品，默記燈火明滅的隱喻

你會為我指涉遠方嗎，或者
先收集更多偶然，再決定一種遠方
圈出詞彙之間的微妙差異，當作秘密
比如回頭見，與待會見並不相同

儘管在單向的路途中
都只適合走在前面的人說

後記／如是填滿，無差別氾濫

幾天晴朗之後，下了整夜的雨。

有時候感覺雨水來得恰是時候。太輕易就習慣了豔陽底下的短暫快樂，忘記真實的生活必須有陰沉沉、濕答答的成分。雨水是憂傷的象徵，卻也帶來生命。漫漫長夜會過去，滂沱的雨會停。或好或壞，對於悠長歲月而言，僅僅是一班列車進站。微小而短暫。支撐著記憶，卻不足以留下太多記憶。

枝椏上的嫩葉，不帶雜思的青綠。初生之犢的，渴求眼神的，奔放而羞怯的。是單純的心，心頭掛著小小的、顧忌的野。如果可以選擇被一種顏色塗染，寧可不往春的色調裡鑽。初見世面的雀躍易逝，倒不如枯黃安定。站在逐漸冬寒的路上被覓見，然後各自經過。

生機盎然之處是競爭的開端。這個季節的日光還稱不上不慷慨，不必立刻拼出死活，感官卻焦急著區分先後。色塊彼此拉扯，大事小事在同一個圈上追逐。畢竟是春天。過度樂觀是被暫時允許的驕縱，一分鐘大可以涵納一百二十秒畫面，不刪不減。待日後盛況褪去，該走的只能剩不到一粒塵，該留的誰也跑不掉。

後來也就不太留心花卉了，忘了從什麼時候開始，發現花禁不起看。花彩尤其受不住時間的責罰，揮霍了軟而暖的期間限定，時間拉著人踏進恐怖幽谷。形體和意義的消亡，都是一個瞬間的事。

最後一次遊歷人間的機會了。先努力成為一百分的人，然後填出一張零分的卷子。訕笑著把紙張攤開，互相抄襲比錯更錯的答案。人間沒有哪一種美好的假象，比得上朝著虛設的結局不斷趨近。只可以靠近，不能抵達。讓自己每天都比昨天更細小，明天完成今天辦不到的功課，明天的明天要比明天更能塞填時間的縫。

春日有時細碎得什麼事都做不了。讀鍾文音，掐頭去尾地記住一句：倒影是難以解析的顏色，一如心。里斯本市區，行駛路面電車的坡道。湊巧遇見一片刷著saudade的街頭塗鴉。抑鬱的紫色延展到石子地，像極了倒影。想聽色情塗鴉（ポルノグラフィティ）的同名歌曲。那是昔人遠颺之後，屬於被留在原地的人，心中不時漫起的悲歡情緒。

那個春天來的時候，所有角色都年輕。治絲益棼地在許願的場合裡，高舉著愛與被愛的旗。

可惜的是，過於對稱的完美想像，向來不可能馴服得了我的叛逆。

讀詩人142　PG2510

逐日填滿，不定期氾濫

作　　者　陳育律
責任編輯　姚芳慈
圖文排版　黃莉珊
封面設計　蔡瑋筠

出版策劃　釀出版
製作發行　秀威資訊科技股份有限公司
114 台北市內湖區瑞光路76巷65號1樓
電話：+886-2-2796-3638　傳真：+886-2-2796-1377
服務信箱：service@showwe.com.tw
http://www.showwe.com.tw
郵政劃撥　19563868　戶名：秀威資訊科技股份有限公司
展售門市　國家書店【松江門市】
104 台北市中山區松江路209號1樓
電話：+886-2-2518-0207　傳真：+886-2-2518-0778
網路訂購　秀威網路書店：https://store.showwe.tw
國家網路書店：https://www.govbooks.com.tw
法律顧問　毛國樑　律師
總 經 銷　聯合發行股份有限公司
231新北市新店區寶橋路235巷6弄6號4F
電話：+886-2-2917-8022　傳真：+886-2-2915-6275

出版日期　2021年4月　BOD一版
定　　價　260元

Printed in Taiwan

國家圖書館出版品預行編目

逐日填滿, 不定期氾濫 / 陳育律著. -- 一版.
-- 臺北市 : 釀出版, 2021.04
面；　公分. -- (讀詩人 ; 142)
BOD版
ISBN 978-986-445-460-0(平裝)

863.51　　110004481

讀者回函卡

感謝您購買本書，為提升服務品質，請填妥以下資料，將讀者回函卡直接寄回或傳真本公司，收到您的寶貴意見後，我們會收藏記錄及檢討，謝謝！如您需要了解本公司最新出版書目、購書優惠或企劃活動，歡迎您上網查詢或下載相關資料：http:// www.showwe.com.tw

您購買的書名：＿＿＿＿＿＿＿＿＿＿＿＿＿＿＿＿＿＿＿＿＿＿

出生日期：＿＿＿＿＿年＿＿＿＿＿月＿＿＿＿＿日

學歷：□高中（含）以下　□大專　□研究所（含）以上

職業：□製造業　□金融業　□資訊業　□軍警　□傳播業　□自由業

□服務業　□公務員　□教職　□學生　□家管　□其它＿＿＿

購書地點：□網路書店　□實體書店　□書展　□郵購　□贈閱　□其他

您從何得知本書的消息？

□網路書店　□實體書店　□網路搜尋　□電子報　□書訊　□雜誌

□傳播媒體　□親友推薦　□網站推薦　□部落格　□其他＿＿＿＿＿

您對本書的評價：（請填代號　1.非常滿意　2.滿意　3.尚可　4.再改進）

封面設計＿＿　版面編排＿＿　內容＿＿　文／譯筆＿＿　價格＿＿

讀完書後您覺得：

□很有收穫　□有收穫　□收穫不多　□沒收穫

對我們的建議：＿＿＿＿＿＿＿＿＿＿＿＿＿＿＿＿＿＿＿＿＿＿

＿＿＿＿＿＿＿＿＿＿＿＿＿＿＿＿＿＿＿＿＿＿＿＿＿＿＿＿＿

＿＿＿＿＿＿＿＿＿＿＿＿＿＿＿＿＿＿＿＿＿＿＿＿＿＿＿＿＿

＿＿＿＿＿＿＿＿＿＿＿＿＿＿＿＿＿＿＿＿＿＿＿＿＿＿＿＿＿

請貼
郵票

11466
台北市內湖區瑞光路 76 巷 65 號 1 樓
秀威資訊科技股份有限公司 收
BOD 數位出版事業部

（請沿線對折寄回，謝謝！）

姓　　名：＿＿＿＿＿＿＿＿　年齡：＿＿＿＿　性別：□女　□男

郵遞區號：□□□□□

地　　址：＿＿＿＿＿＿＿＿＿＿＿＿＿＿＿＿

聯絡電話：(日) ＿＿＿＿＿＿＿＿ (夜) ＿＿＿＿＿＿＿＿

E-mail：＿＿＿＿＿＿＿＿＿＿＿＿＿＿＿＿